Die Originalausgabe erschien 2025 unter dem Titel
»A Beautiful World« bei Michael Joseph, London, an imprint of Penguin Random House UK.

MIX
Papier | Fördert gute Waldnutzung
FSC® C011124

Penguin Random House Verlagsgruppe FSC® N001967

Wunderraum-Bücher erscheinen im
Wilhelm Goldmann Verlag, München,
einem Unternehmen der Penguin Random House Verlagsgruppe GmbH.

2. Auflage
Deutsche Erstveröffentlichung September 2025

Redaktion: Susanne Wallbaum
Umschlaggestaltung: buxdesign GbR, München
Umschlagillustration: © James Norbury 2025
Gesetzt in der Bellefair
Satz: Buch-Werkstatt GmbH, Bad Aibling
Druck und Bindung: Mohn Media Mohndruck GmbH, Gütersloh
Printed in Germany
ISBN 978-3-442-30227-7

www.wunderraum-verlag.de

James Norbury

Der schönste Ort der Welt

Aus dem Englischen
von Sibylle Schmidt

WUNDERRAUM

Für meinen Bruder Alan.
Ohne dich ist die Welt weniger schön.

Nicht die Welt erschafft Schönheit,
sondern diejenigen, die sie betrachten.

Wie du dieses Buch lesen kannst

ALS GESCHICHTE

Lies sie in einem Zug durch oder vielleicht ein paar Seiten pro Tag.

ALS ANREGUNG FÜR DEN TAG

Schlag es an einer beliebigen Stelle auf, und reflektiere im Lauf des Tages über die Worte. Einige Stellen sind fortlaufend, da müsstest du umblättern.

ALS HILFREICHE BEGLEITUNG

Alle Kapitel (bis auf eines) sind jeweils einem Thema gewidmet. Stehst du gerade vor einer bestimmten Herausforderung im Leben, findest du vielleicht ein passendes Kapitel dazu.

Das Teehaus

Am Rande einer Ruinenstadt
stand ein altes Teehaus.

Das verfallende Gebäude diente zwei Freunden
als Unterschlupf.

Am Abend tranken sie Tee und sprachen über ferne Länder.

Großer Panda trank einen Schluck und sah seinem Freund Kleiner Drache zu, wie er heißes Wasser in die Kanne goss.

»Hast du schon einmal in die Kiste geschaut, auf der du den Tee zubereitest?«, fragte Großer Panda.

Kleiner Drache schüttelte den Kopf. »Nein. Ich weiß nicht einmal, ob man sie öffnen kann.«

Doch nun ließ ihm der Gedanke keine Ruhe, und die Neugier siegte. Er entfernte die Teekanne und das löchrige Leinentuch von der Kiste und begann, sie vorsichtig zu inspizieren.

Es war eine alte Bretterkiste mit rostigen Scharnieren und einem Schloss, das schon seit Langem nicht mehr funktionierte.

»Ich glaube, ich kann sie öffnen«, rief Kleiner Drache aufgeregt.

Mit aller Kraft bemühte er sich, den Deckel anzuheben. Der quietschte und knarrte und gab dann mit einem Ruck nach.

Kleiner Drache steckte den Kopf in die
Kiste und spähte in alle Ecken. Als er wieder
auftauchte, sah er
ein wenig enttäuscht aus.

»Nur ein altes Stück Papier«,
brummte er.

Großer Panda nahm das Papier und hielt es ins Licht der Laterne.

»Hmmm«, sagte er. »Das ist nicht irgendein alter Zettel, sondern eine Landkarte.

Angeblich weist sie den Weg zum ›schönsten Ort der Welt‹.«

Kleiner Drache flitzte zu seinem Freund und kraxelte seinen breiten Rücken hinauf, um die Karte zu beäugen.

»Da müssen wir unbedingt hin«, quietschte er.
»Stell dir nur vor, der schönste Ort der Welt!
Komm, lass uns packen!«

Großer Panda lächelte.

Es war schon spät, und am Himmel zogen dunkle Wolken auf. Doch wenn Kleiner Drache sich etwas in den Kopf gesetzt hatte, gab es kein Halten mehr, das wusste sein Freund nur allzu gut.

Die Ruinenstadt

Als die Sonne aufging, merkten die Freunde, dass sie sich in einer längst vergessenen Ruinenstadt befanden.

Während sie zwischen brüchigen Säulen und bröckelnden Mauern umherstreiften, sinnierte Kleiner Drache über die Vergangenheit. Er dachte daran, wie viel er schon verloren hatte und dass alles vergänglich war und am Ende zu Staub zerfallen würde.

»Wer bist du … in deinem tiefsten Inneren?«, fragte Großer Panda.

Kleiner Drache ließ den Blick über die Ruinen schweifen.

»Ich weiß es nicht mehr.«

»Wenn man nur zurückblickt, ist es schwer, seinen Weg zu finden«, sagte Großer Panda.

»Der Weg nach vorn beginnt im Hier und Jetzt.«

»Nichts ist von Dauer«, sagte Großer Panda.

»Auch nicht der Kummer, den du jetzt spürst.«

»Bestimmt meine Vergangenheit über meine Zukunft?«,
fragte Kleiner Drache.

»Das muss nicht sein«, antwortete Großer Panda. »Das Boot wird von dir gesteuert, nicht von der Welle,
die hinter ihm zurückbleibt.«

Wer zu viel Vergangenheit mit sich herumschleppt,
hat Mühe vorwärtszukommen.

»Überlegst du manchmal, wie dein Leben anders hätte verlaufen können?«, fragte Kleiner Drache.

»Nein«, antwortete Großer Panda. »Denn wenn man weiß, dass alles so geschehen ist, wie es geschehen sollte, erlangt man inneren Frieden.«

So viel Verfall, so viel Verlust,
und dennoch ... so viel Schönheit.

Inmitten von Ruinen wurzelt ein Baum,
der wächst und gedeiht.

Inmitten von Verlust entsteht neues Leben.

»Ringst du immer noch mit der Vergangenheit?«, fragte Großer Panda.

»Ich statte ihr Besuche ab«, antwortete Kleiner Drache. »Daraus lerne ich, aber ich versuche, mich nicht zu lange dort aufzuhalten. Sonst wäre es sehr schwer, hier zu sein, jetzt, mit dir, bei diesem Abenteuer.«

Als es Nacht wurde, saßen sie in der besinnlichen Stille der verfallenen Stadt und blickten hinauf zu den unzähligen Wundern am Himmel.

Kleiner Drache ergriff die Pfote seines Freundes und lächelte.

»Die Vergangenheit kann ich nicht ändern. Doch jetzt sind wir hier, und die Welt erwartet uns. Ich glaube, ich bin bereit weiterzugehen.«

Das Ufer

Nach der Stille der Ruinenstadt lauschten sie dem Rauschen der Wellen am Meeresufer.

Kleiner Drache blickte über den riesigen, endlosen Ozean und fühlte sich winzig und nichtig.

Wie passte er in diese überwältigende Welt?

War sein Dasein nicht vollkommen bedeutungslos?

»Ich wünschte, ich könnte die Wolken für dich wegpusten«, sagte Kleiner Drache.

»Das ist nicht nötig«, erwiderte Großer Panda. »Durch dich habe ich verstanden, wie schön sie sind.«

»Das hätten wir anders geplant«, bemerkte Kleiner Drache, während sie in den endlosen Regen hinausstarrten.

»Stimmt«, sagte Großer Panda. »Aber mit dir an meiner Seite würde ich diese Momente gern immer wieder erleben.«

»Ein paar von unseren Tassen haben Macken«,
stellte Großer Panda fest.

»Ja«, sagte Kleiner Drache, »aber sie sind alle genau richtig, so wie sie sind, auch die angeschlagenen.«

»Ich wünschte, ich wäre etwas ganz Besonderes«, seufzte Kleiner Drache, während er staunend einen prachtvollen Vogel betrachtete.

»Das bist du«, sagte Großer Panda. »Du bestehst aus der gleichen wundersamen Kraft, die den Bergen, den Flüssen, dem Himmel und auch diesem Vogel innewohnt. Du musst nichts anderes sein als du selbst – denn du bist bereits ein Wunder der Natur.«

»Schwierigkeiten wird es immer geben«, sagte Großer Panda,
»aber einen Freund wie dich zu haben
macht das Leben leichter.«

Wer anderen Gutes tut, bekommt womöglich nie
den verdienten Dank. Deshalb großen Dank an dich!
Deine Liebe und Güte verändern die Welt, auch wenn
du vielleicht nie sehen wirst, auf welche Weise.

Eine kleine Tat im richtigen Moment kann alles verändern.
Unterschätze nie, was du in der Welt bewirken kannst.

Die Welt ist so beeindruckend, dachte
Kleiner Drache. Die hohen Berge, die
herrlichen Bäume ... all die fantastischen
Dinge, die Menschen tun und erschaffen ...
Da ist es leicht, sich winzig und
bedeutungslos zu fühlen ...

Manchmal muss ich mir selbst sagen:

Ich bin genug.

»Aber wenn ich genug bin, warum
soll ich dann nach etwas streben?«,
fragte Kleiner Drache.

Großer Panda ergriff mit seiner großen Pfote die Kralle seines kleinen Freundes.

»Es ist gut, sich an der Welt zu erfreuen, Neues auszuprobieren, sich zu bemühen, erfolgreich zu sein, oder zu scheitern. Doch nichts von alledem wird mehr aus dir machen,
als du bereits bist.

Entwicklung bedeutet nicht, sich komplett zu verändern,
sondern heranzuwachsen zu dem, was man immer schon gewesen ist.«

»Überlegst du manchmal, ob du mehr tun müsstest?«,
fragte Kleiner Drache.

Großer Panda schmunzelte.

»Blumen sind auch nicht in jedem Frühling
schöner als im Vorjahr.«

Wo der Weg hinführte, wussten sie nicht; das war immer so.
Es war ihnen nicht wichtig, denn die größte Erfüllung
bestand nicht im Erreichen eines Ziels,
sondern in der gemeinsamen Reise.

»Der Mond sieht so klein aus«, sagte Kleiner Drache, »doch sein Licht erhellt noch die dunkelste Nacht. Wenn ich mich wieder mal bedeutungslos fühle, will ich an den Mond denken.«

Das Gebirge

Der Pfad entfernte sich von der Küste
und führte sie
ins steil aufragende Gebirge.

Während die Freunde höher und
immer höher stiegen,
fror Kleiner Drache furchtbar im
eiskalten Regen
und peitschenden Wind.

Das Universum überfiel sie
mit einer Strapaze
nach der anderen.

Der Frieden, den
Kleiner Drache
empfunden hatte,
verflog.

Er war frustriert
und zornig.

»Es ist noch so weit«, klagte Kleiner Drache. »Ich glaube, wir kommen nie an.«

»Fortschritt ist nicht immer sichtbar«, erwiderte Großer Panda. »Manchmal scheint es, als würde sich nie etwas ändern. Doch die Samen, die du ausgesät hast, gedeihen und werden zu Blüten, sobald die Zeit reif ist.«

Weit oben in den Bergen hatte der Affe schon den ganzen Tag den Tiger geärgert.

Doch jedes Mal, wenn der Tiger ihn fangen wollte, sprang der Affe mühelos auf einen anderen Baum.

»Wenn jemand dich erzürnt«, sagte Großer Panda, »bedenke dies: Man tut dir nichts Böses an, sondern man tut dir etwas Gutes. Denn wie solltest du ohne den Affen üben, deine Wut zu überwinden? Willst du nicht in Wahrheit inneren Frieden?«

»Wie schaffst du es nur, zu allen so freundlich zu sein?«, fragte Kleiner Drache.

»Ich versuche daran zu denken, dass alle Nöte haben, von denen ich nichts weiß«, antwortete Großer Panda. »Dann ist es nicht so schwer.«

Wo kein Zorn ist,
gibt es auch keine Feinde …
nur die Chance für neue Freundschaften.

Bei jeder Rast übte Kleiner Drache
auf seiner Bambusflöte.

»Ich werde es nie lernen«, schimpfte Kleiner Drache und wollte die Flöte zu Boden schmettern.

»Inneren Frieden erlangt man nicht, indem man Dinge meidet, die einen aufregen oder erzürnen«, sagte Großer Panda. »Sondern indem man sich immer wieder mit ihnen beschäftigt und sich um Gelassenheit bemüht.«

»Aber es ist so anstrengend«, klagte Kleiner Drache. »Man muss so viel lernen, so viel tun, so viel … ich weiß gar nicht …«

»Wenn du langsam und achtsam bist«, sagte Großer Panda, »wirst du in den alltäglichsten Tätigkeiten den Frieden finden, den du suchst.«

»Tut mir leid, dass ich so wütend war«,
sagte Kleiner Drache.

»Keine Entschuldigung nötig, mein kleiner Freund«, erwiderte Großer Panda. »Jedes Mal, wenn wir Wut empfinden, haben wir die Chance loszulassen. Nutzen wir sie, können wir tiefen und dauerhaften Frieden erlangen.«

»Was, wenn wir nun den schönsten Ort der Welt nie finden?«, fragte Kleiner Drache betrübt.

»Dann hatten wir nur die Reise selbst«, antwortete Großer Panda. »Deshalb sollten wir alles an ihr auskosten – Mühen und Gefahren, Höhen und Tiefen, so unangenehm wir sie vielleicht auch finden.«

»Es scheint ein weiter Weg zu sein zum Glück«,
sagte Großer Panda.

»Dann lass uns doch jetzt gleich
glücklich sein«, schlug Kleiner Drache vor.

Kleiner Drache blickte zum Himmel auf und staunte über die endlosen Wunder des Universums.

»Wir alle sind einander so ähnlich«, sagte Kleiner Drache. »Wir sollten häufiger verzeihen.«

Großer Panda nickte. »Frieden ist so viel mehr wert als jeder Groll.«

Die Höhlen

Der Gebirgspfad führte schließlich bergab, und wie auf der Karte eingezeichnet, gelangten sie zu einer großen Höhle. Doch es war kalt und dunkel darin, und unheimliche Laute hallten von den Wänden wider.

Kleiner Drache wurde von Furcht und Ängsten erfasst, als er den Schritt ins Unbekannte wagte.

»Ich weiß, dass du Angst hast«, sagte Großer Panda. »Das ist unvermeidlich. Aber du willst die Reise trotz deiner Angst fortsetzen, und damit beweist du großen Mut.«

»Manchmal ist die Welt ein dunkler Ort«,
sagte Kleiner Drache.

»Doch wo sie am dunkelsten ist«, erwiderte Großer Panda,
»wird dein Licht am meisten bewirken.«

Bist du umgeben von Dunkelheit, kann jemand dir
Licht spenden.

Behalten kannst du es nicht, aber es ist hilfreich,
um dein eigenes Licht wiederzufinden.

»Ich fürchte mich vor morgen«,
gestand Kleiner Drache.

»Morgen gibt es nicht«, sagte Großer Panda. »Es gibt nur heute,
und mit heute sind wir immer gut zurechtgekommen.«

Das Leben ist wie eine Kanne voll Tee –
manchmal zu viel für eine Person.
Doch du kannst teilen.

»Wieso wirkst du nie besorgt?«,
fragte Kleiner Drache.

»Ich habe mir schon wegen so vielem Sorgen gemacht in meinem Leben«, antwortete Großer Panda, »und das meiste davon ist nie eingetreten. Wenn man das begreift, ist es viel einfacher, den Lauf der Welt zu akzeptieren.«

Kleiner Drache atmete tief ein und spürte neues Vertrauen in die Welt, als er ins Tageslicht hinaustrat.

Der Sumpf

Der Boden unter ihren Füßen wurde morastig,
die Bäume waren kahl und verwittert.

Kleiner Drache wurde von Selbstzweifeln geplagt.
Er glaubte, nicht genug Willenskraft zu haben, um
diese trostlose Landschaft zu ertragen.

»Zweifeln wirst du vielleicht immer, mein kleiner Freund.
Deshalb wäre es weise, trotz allem durchzuhalten.«

»Ich fange oft etwas Neues an und gebe wieder auf«, sagte Kleiner Drache geknickt.

Großer Panda schüttelte den Kopf.

»Du bist hier und sprichst mit mir. Also hast du nicht aufgegeben. Du hast nur deinen eigenen Rhythmus noch nicht gefunden.«

»Alle anderen krabbeln den Baum hinauf«,
seufzte Kleine Ameise.

»Aber alle anderen wissen nicht, was *du* brauchst«,
erwiderte Großer Panda.

»Wir haben uns wohl verirrt«,
seufzte Kleiner Drache.

»Folge deiner Seele«, sagte Großer Panda.
»Vertrau darauf, dass sie den Weg findet.«

»Ich möchte über unsere Reise schreiben, weiß aber nicht, ob ich das gut kann«, sagte Kleiner Drache.

»Der größte Fehler wäre, nicht einmal anzufangen«, erwiderte Großer Panda.

»Ich finde, ich müsste viel mehr tun«, bemerkte Kleiner Drache.

»Versuche das zu würdigen, was du schon getan hast«, sagte Großer Panda, »anstatt zu bereuen, was du nicht getan hast.«

Trotz all seiner Ängste
versuchte Kleiner Drache,
immer wieder neue Abenteuer
zu wagen.

»Ich weiß, du zweifelst an dir, kleiner Freund.
Dabei finden andere dich absolut großartig.«

Ein großer Gewinn ist, dort Stärke und Schönheit zu sehen, wo man sie gestern noch vergebens gesucht hat.

Das Ödland

Das Ödland war leer, kalt und trist.
Kleiner Drache sann darüber nach,
welchen Sinn es in der Natur hatte.

Er begann zu grübeln.
Was war Sinn überhaupt?
Auch sich selbst fand er sinnlos.

»Manchmal empfinde ich nur Leere und Sinnlosigkeit«,
klagte Kleiner Drache.

»Dieses Gefühl ist keine Leere«, sagte Großer Panda.

»Es gibt dir die Freiheit, zu schweifen, zu erkunden und ohne Erwartungen die Fülle des Lebens wahrzunehmen.«

Kleiner Drache suchte fieberhaft,
fand jedoch nicht,
wonach er Ausschau hielt.

»Vielleicht ist es bereits in dir?«,
schlug Großer Panda vor.

»Ich bin so müde«, sagte Kleiner Drache.
»Ich weiß gar nicht, was ich tun soll.«

Großer Panda lächelte sanft. »In der Natur hat alles seine Zeit – Neubeginn und Wachstum, Innehalten und Ruhe. Wir sind Teil der Natur, mein kleiner Freund, und sollten uns nicht scheuen, ihrem Beispiel zu folgen.«

Auf einem Pfad machte
Kleiner Drache eine Entdeckung.
»Diese Ruinen sehen fantastisch aus!
Wollen wir lieber dorthin gehen?«

»Dann wird die Reise etwas länger dauern«,
antwortete Großer Panda. »Aber gewiss, warum nicht.«

Zwei Tage später standen sie inmitten der Ruinen. »Aus der Nähe finde ich die alten Steine nicht so toll. Aber das da drüben sieht großartig aus!«, sagte Kleiner Drache und deutete auf das Kliff, das sie gerade hinter sich gelassen hatten.

Großer Panda seufzte.

»Bleibt das jetzt immer so?«, fragte Kleiner Drache.

»Nein«, antwortete Großer Panda.
»Der Sturm endet irgendwann, die Wolken verziehen sich, die Bäume verlieren ihre Blätter. Was jedoch immer bleibt, ist Veränderung.«

»Magst du lange Reisen?«, fragte Kleiner Drache.

»Wenn du bei mir bist«, antwortete Großer Panda, »können sie gar nicht lang genug sein.«

»Werde ich jemals Frieden, Glück,
Sinn finden?
Oder etwas anderes, um das Gefühl
von Unvollständigkeit
loszuwerden?«

»Das weiß ich nicht, mein Lieber«, sagte Großer Panda und nahm das kleine Wesen in seine kräftigen Arme. »Ich glaube nicht, dass man dergleichen dort draußen finden kann.«

»Was soll ich denn dann tun?«, schluchzte Kleiner Drache, dem Tränen übers Gesicht rannen.

»Gib die Suche auf.
Schließ die Augen, nimm deinen Geist wahr, ohne zu bewerten. Wenn du lernst, dich selbst zu fühlen, werden sich Antworten einfinden.«

Ein Blatt fällt nie an die falsche Stelle.

Vertraue darauf, dass du da bist,
wo du sein sollst.

»Mir ist langweilig«, sagte Kleiner Drache.

Großer Panda lächelte.

»Vielleicht bist du nur einen kleinen Schritt vom inneren Frieden entfernt.«

»Aber etwas wie Sinn würde mir helfen. Ein Grund, morgens aufzustehen. Ich würde mich lebendig fühlen!«

»Dann halte inne, spüre den Wind, lausche meinen Worten, und atme. Achtsam im Hier und Jetzt zu sein – das ist Sinn.«

»Willst du den besten Tee aller Zeiten zubereiten oder den schönsten Ort der Welt finden, solltest du das natürlich versuchen«, sagte Großer Panda.

»Aber tust du es achtsam und mit innerem Frieden, kannst du es mehr genießen und wirst nicht unglücklich sein, falls du scheiterst.«

»Versäumen wir unser Leben, während wir hier sitzen und nichts tun?«, fragte Kleiner Drache.

»Dass wir hier sitzen, *ist* unser Leben«, antwortete Großer Panda.

Der Pfad endete im Nichts.

Nicht alle Wege führen zu einem ergiebigen Ort.
Doch indem wir uns verirren, können wir
uns selbst finden.

Der Abgrund

Eines Morgens sahen sie, dass der Weg durch eine tiefe Schlucht unterbrochen war.

Die Brücke hatte ihre besten Tage hinter sich, und Großer Panda fürchtete, dass sie seine Bärigkeit nicht mehr tragen würde.

Kleiner Drache kletterte auf den Brückenpfosten und
blickte zur anderen Seite hinüber.
Vorsichtig wagte er mehrere Schritte vorwärts.

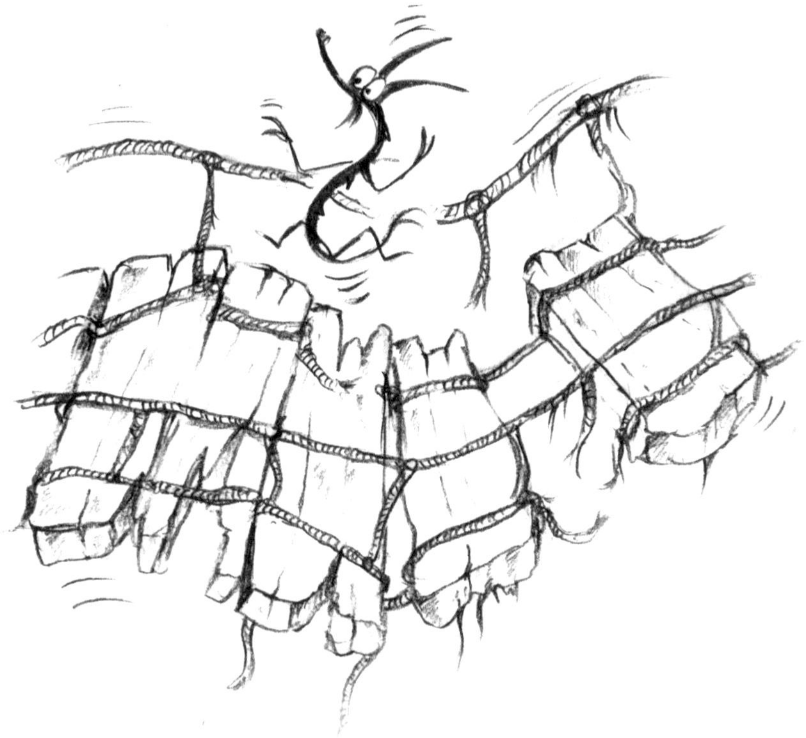

Plötzlich war ein schreckliches Krachen zu hören, und bevor Kleiner Drache zurückspringen konnte, rissen die Seile, und die Brücke brach entzwei.

Der Teil, auf dem Kleiner Drache stand, schwang auf die andere Seite hinüber. Er klammerte sich fest und kniff die Augen zu.

Auf seiner Schuppenhaut spürte er Holzsplitter und den peitschenden Wind.

Kleiner Drache öffnete die Augen
und merkte, dass er
auf der anderen Seite gelandet war.

Seinen Freund sah er weit entfernt
auf dem Kliff stehen.

Mit aller Kraft hangelte sich Kleiner Drache nach oben,
bis er wieder festen Boden unter den Füßen hatte.

Allein und orientierungslos konnten Kleiner Drache und Großer Panda nur weitergehen und darauf vertrauen, vom Schicksal auf den richtigen Weg geführt zu werden.

Die Blume blüht wunderschön, auch wenn du
zu traurig bist, um sie wahrzunehmen.

Manchmal brauchen auch die Stärksten
eine Pfote zum Festhalten.

Kleiner Drache war allein.
Doch er lenkte sich nicht ab,
sondern saß ganz still.
So fand er nach und nach
zu seiner Mitte.

Großer Panda war den ganzen Tag auf der Suche gewesen.

Es war Nacht geworden, und er sorgte sich
um seinen kleinen Freund.

Als Großer Panda am Himmel eine Sternschnuppe sah,
erinnerte er sich ... Das Universum würde sich entwickeln
wie vorgesehen. Er spürte Zuversicht und ahnte,
dass es ihnen bald wieder gutgehen würde.

Zwei Orte ...
Ein Mond ...
Vielleicht sind wir gar nicht so weit voneinander entfernt.

Einsamkeit kann ein erschreckender Ort sein,
an dem wir uns selbst ins Gesicht blicken müssen.

Aber in dieser Leere ist eine friedliche Welt zu finden,
in der wir gedeihen und gestalten und
uns selbst kennenlernen können.

Müde und erschöpft, war Großer Panda kurz davor, die Hoffnung zu verlieren, als er etwas witterte.

Rauch, leicht fruchtig, mit einem erdigen, frischen Duft wie junges Gras.

Großer Panda schlug sich durchs Unterholz, und als er aus einem Bambushain stürmte, hatte Kleiner Drache auf einer Lichtung gerade Tee zubereitet.

»Du hast Tee gemacht, was für eine prächtige Idee!«

»Ähm, ja ...«, sagte Kleiner Drache etwas verlegen.

»Eigentlich brauchte ich eine große Umarmung, aber eine Tasse Tee tut auch gut ...«

Das Beste, wenn Freunde weggehen ...

… ist das Wiedersehen.

»Ich bin so froh, dass wir wieder zusammen unterwegs sind«,
sagte Kleiner Drache. »Aber mein Alleinsein
war eine innere Reise, die ich nicht missen möchte,
auch wenn sie schwierig war.

Ich habe neue Welten entdeckt.
Welten, die ich nur allein finden konnte.«

Der Wald

Wieder vereint, fanden sich Großer Panda und Kleiner Drache bald in einem finsteren Wald wieder. Binnen Kurzem hatten sie sich verirrt und wussten nicht mehr, in welche Richtung sie gehen sollten.

Obwohl er nicht verstand, warum, wurde Kleiner Drache sehr traurig. Es kam ihm vor, als fehle in seinem Leben etwas Wichtiges.

Ein Etwas, das alles verändern würde.

Hoffnungslosigkeit will dir stets einflüstern,
du seist einsam und wertlos. Doch sie lügt.

Selbst der dunkelste Weg
führt dich irgendwann ins Sonnenlicht.

Der junge Baum weiß nicht, dass er von Stürmen
gerüttelt werden muss, um zu seiner ganzen
Größe heranzuwachsen.

Und so wissen auch wir nicht,
welche durchlittenen Mühen
uns irgendwann besonders
hilfreich sein werden.

Tief im Wald begegneten sie Grüner Drache, der allein in einer großen Höhle lebte. Kleiner Drache seufzte. »Ich hätte auch gern so eine Waldhöhle wie Grüner Drache.«

»Ach ja?«, erwiderte Großer Panda. »Er hat mir gesagt, er hätte so gern jemanden, der bei ihm wohnt.«

»Manchmal hätte ich gern so einen Panzer,
um mich zu verkriechen«, sagte Kleiner Drache.

»Er ist nützlich«, erwiderte die Schildkröte,
»aber ich habe gemerkt, dass man ab und zu
den Kopf rausstrecken muss, um an sein Ziel zu gelangen.«

»Was für ein unglaublicher Baum«, staunte Kleiner Drache.

»Er ist – genau wie wir – einzigartig und eigenartig«, sagte Großer Panda. »Deshalb ist er so wunderschön.«

In tiefer Dunkelheit ist Licht kaum noch vorstellbar.

Doch es ist da, wir müssen nur weitergehen.

»Dich zum Freund zu haben
hilft mir bei so vielem so sehr«,
sagte Kleiner Drache.

»Immer wieder muss ich daran denken,
dass Grüner Drache in seiner Höhle allein ist.
Ich möchte ihm helfen, so wie du mir hilfst.«

»Ihr habt einen weiten Weg zurückgelegt,
um mich zu besuchen«,
sagte Grüner Drache.

»Jede neue Freundschaft ist ein
Neuanfang«,
erwiderte Kleiner Drache lächelnd.
»Wie eine unbekannte Welt, die es zu
entdecken gilt.«

Was am einen Tag hoffnungslos erscheint,
kann am nächsten schon ein wenig anders aussehen.

Langsam wich die Finsternis des Waldes.
Sonnenstrahlen fielen durchs Blätterdach,
und Vögel begannen zu singen.

Kleiner Drache fühlte sich beflügelt und
streichelte das Fell seines Freundes.

»Ich weiß, dass die Sonne auch nach den dunkelsten
Nächten wieder aufgeht«, sagte Kleiner Drache,
»aber niemand erinnert mich mehr daran als du.«

Schließlich traten sie aus dem Wald heraus,
und was sie erblickten, war so überwältigend,
dass ihnen der Atem stockte.

Der schönste Ort der Welt

»Dieser Ort ist unglaublich«,
hauchte Kleiner Drache.

»Dieser Baum«, staunte Kleiner Drache. »Schau ihn dir an! Seine Höhe und seine knorrigen Äste. Er ist bezaubernd.«

Doch als Kleiner Drache über die raue Rinde strich, fiel ihm auf, dass sie sich genauso anfühlte wie bei dem Baum, der zu Hause am Bach neben ihrem Tempel wuchs.

Dieser Baum hier war viel größer und mächtiger, aber offenbar von der gleichen Art.

Großer Panda war fasziniert von leuchtend grünem Moos, das eine verwitterte Fuchsstatue überwucherte.

Aus der Nähe betrachtet, ähnelte es einem verwunschenen Urwald.

Doch während er es beäugte, merkte er,
dass diese Art von Moos auch auf den Steinstufen
ihres Tempels wuchs.

Dort fiel es weniger auf,
war jedoch nicht minder wundervoll.

Als sie ein mächtiges Brüllen vernahmen,
blickten die Freunde auf.
Auf einem Felsen über ihnen stand ein prachtvolles, wildes
Geschöpf, dessen farbiges Fell in der Morgensonne leuchtete.

Kleiner Drache bestaunte das majestätische Wesen,
doch als es in die Wälder zurückschritt,
erinnerte es ihn an die kleine graue Katze,
die ihnen zu Hause jeden Morgen
einen Besuch abstattete.

Die Katze war kleiner und
weniger farbenprächtig,
aber nicht weniger schön.

»Das verstehe ich nicht«, sagte Kleiner Drache.

»Hier ist alles faszinierend, aber fast wie zu Hause – wieso bin ich dann so hellwach und fühle mich so ... lebendig?«

»Bei uns am Tempel sind die Katze, der Baum und das Moos ebensolche Wunder«, antwortete Großer Panda, »die unsere Aufmerksamkeit verdienen. Doch wir haben verlernt, all das achtsam wahrzunehmen.«

Wie dein Zuhause auch sein mag – es ist voller Wunder.
Du hast nur vergessen, sie wahrzunehmen.

Kleiner Drache saß still da
und betrachtete alles in seiner Nähe ganz genau.
Eine Träne rann ihm über die Wange.

»Alles war schon immer so schön, nicht wahr?«

»Ja«, sagte Großer Panda liebevoll.

Kleiner Drache seufzte.
»Warum konnte ich es dann nicht erkennen?«

»Was du erlebt hast, hat dir gezeigt, was möglich ist. So ist dir bewusst geworden, was schon immer da war.

Unsere Reise war anstrengend, aber die Entbehrungen haben uns Wissen und Gaben beschert.

Inmitten von Ruinen und Verfall erlernten wir Akzeptanz.

Angesichts eines endlosen Horizonts entdeckten wir unseren Wert.

Im Gebirge entstand aus unserem Zorn innerer Frieden.

In dunklen Höhlen fanden wir durch unsere Ängste Mut.

In den Sümpfen wurde aus unserem Zweifel Vertrauen.

Verirrt im Ödland, empfanden wir Sinn, weil wir die Gegenwart akzeptierten.

Durch einen Abgrund getrennt, spürten wir den Schmerz der Einsamkeit, lernten aber auch den Wert des Alleinseins und die Freude des Wiedersehens schätzen.

Tief im dunklen Wald fanden wir Vertrauen ins innere und äußere Licht.

Mit jedem Schritt ist unsere Fähigkeit, Schönheit wahrzunehmen und Mitgefühl zu empfinden, gewachsen.

Wenn der Baum mit seinen Blättern winkt,
möchte er von dir gesehen werden.

Wenn ein Vogel singt, erinnert er dich daran,
innezuhalten und zu lauschen.

Wenn der kalte Bergwind dich in die Wangen zwickt,
will er, dass du dich lebendig fühlst.

Die Natur ist dein Freund,
und sie bringt dich zu dir zurück.

Sei geduldig, halte Ausschau nach Zeichen,
und schenke der Welt die Achtsamkeit,
die sie verdient.

Kleiner Drache strich sachte
über ein glänzendes dunkles Blatt.

In diesem Moment erschien ihm die Welt ringsumher
erfüllt von Lebendigkeit.

Er umschlang seinen Freund, drückte das Gesicht in sein dichtes, feuchtes Fell. Der große Bär roch nach Wind und Regen und dunklen, uralten Wäldern, und seine Augen schimmerten im Zwielicht nachtschwarz.

Noch nie hatte Kleiner Drache sich so geborgen …
so geliebt gefühlt.

Kleiner Drache ließ seinen Freund los und betrachtete
die zackigen Berggipfel, die mächtigen Wasserfälle,
die hohen alten Bäume.

Das alles war beeindruckend,
aber auch kein größeres Wunder als
die kleinen schwarzen Schuppen auf seinen winzigen Krallen.

Als die Sonne hinter den Bergen verschwand und
ein kühler Wind aufkam, bettete sich Großer Panda
müde, aber zufrieden ins hohe Gras.

»Weißt du«, murmelte Kleiner Drache,
als er sich ins Fell seines Freundes kuschelte ...

»Wir haben auf unserer Reise so viele wundervolle Orte erlebt. Aber das hier ist mein absoluter Lieblingsplatz.«

Nachwort

Weil ich oft gefragt werde, wie es zu diesen Büchern kam, möchte ich das hier kurz erzählen. Ich war um die zwanzig Jahre als Künstler und Schriftsteller tätig, allerdings sehr erfolglos, sodass ich den größten Teil meines Lebens wenig Geld hatte. Weil ich aber fest entschlossen war, diesen Weg zu beschreiten, der für mich als einziger infrage kam, ließ ich mich nicht davon abbringen.

Es kam jedoch ein Punkt, an dem ich von der ganzen Anstrengung ausgelaugt war und beschloss, lieber irgendwelche Jobs zu machen. (Wenn man kein Geld hat, lernt man schnell alles Mögliche.) Vorher wollte ich aber noch ein Projekt verwirklichen, das ich zwar schon lange im Kopf, aber nie begonnen hatte.

Da ich viele Probleme mit meiner psychischen Gesundheit hatte, habe ich mich jahrelang mit spirituellen Themen beschäftigt, vor allem mit dem Buddhismus, der mir eine große Hilfe war. Was ich dabei gelernt hatte, wollte ich mit anderen in einer leicht zugänglichen Form teilen, denn viele Menschen wollen nicht unbedingt dicke Bücher lesen, um ein paar hilfreiche Anregungen zu bekommen.

Einzelne Illustrationen mit wenig Text in den sozialen Medien schienen mir dafür am besten geeignet zu sein. Interessanterweise verschwendete ich keinen Gedanken darauf, ob ich damit Geld verdienen würde. Das Universum hat dann offenbar beschlossen, mich für diese Haltung zu belohnen.

Die Illustration oben (neu bearbeitet auf S. 90) ist das erste Bild von Großer Panda und Kleiner Drache, das jemals entstand. Kleiner Drache sah damals noch ganz anders aus, und Pandas konnte ich gar nicht zeichnen (das fällt mir heute noch manchmal schwer).

Aber ich wollte einen Versuch wagen. Diese Bilder entstanden auf Kopierpapier, mit Tinte und einem billigen Pinsel, und zwar ziemlich schnell, weil ich dachte, dass sie ohnehin keine Beachtung finden würden. Und ich wollte nicht viel Zeit darauf verschwenden.

Dieses Bild ist mir immer noch sehr wichtig, denn jedes meiner Bücher gibt mir die Möglichkeit, mich mit mir selbst auseinanderzusetzen und unter die Oberfläche zu blicken, um zu verstehen, was wirklich in mir vorgeht. Anfangs glaubte ich noch, meine Probleme seien einzigartig und meine Themen würden anderen vielleicht gar nichts sagen. Doch mittlerweile weiß ich, dass die meisten Menschen mit den gleichen Themen ringen, wenn auch unter jeweils etwas anderen Vorzeichen.

Das Buch, das du in den Händen hältst, ist mein fünftes, und ich kann mittlerweile dankbar sagen, dass meine Projekte wirklich Gutes bewirken, sowohl für mich selbst als auch für viele Leserinnen und Leser, die mir schreiben, wie sehr meine Bücher ihr Leben verändert haben.

Aber die Bücher können nur Schilder am Weg sein, die eine Richtung weisen. Sie können vielleicht deinen Blick auf etwas lenken, etwas in Erinnerung rufen, das in Vergessenheit geraten ist, oder zu neuen wohltuenden Gedanken anregen. Was daraus entsteht, liegt jedoch bei jedem Menschen selbst.

Es gibt Tausende von Leuten, die dir erklären wollen, wie du glücklich wirst. Manche Ratschläge funktionieren vielleicht. Ich persönlich bin noch keinem Buch oder Video begegnet, das die Betrachtenden mit Glück ausstatten könnte. Dieses Buch ist nicht darauf ausgerichtet, dich glücklich zu machen; es will lediglich zeigen, dass die Welt wunderschön sein kann, wenn du dich dafür entscheidest, sie so sehen zu wollen. Ich lebe in einer Stadt, die stark zerbombt und nach dem Zweiten Weltkrieg hastig wiederaufgebaut wurde. Sonderlich malerisch ist sie nicht, aber ich entdecke dennoch überall Wundervolles: faszinierende Muster und Farben in Beton, zarte Kringel in abblätternder Farbe, Regenpfützen in den Rinnsteinen, kleine Pflanzen, die aus dem Asphalt wachsen. Ich habe mir beigebracht, im Alltäglichen Wunder zu sehen, so kann jeder Tag ein schöner Tag werden. Und ich hoffe, dich mit *Der schönste Ort der Welt* zu dieser Sichtweise anregen zu können.

Erste Entwürfe für die beiden Figuren

Anmerkung des Autors

Ich habe lange überlegt, ob ich diesen Text ins Buch aufnehmen soll. Weil er aber für das Gesamtkonzept von *Der schönste Ort der Welt* wichtig ist, habe ich mich dazu entschlossen.

Mitten während der Arbeit an diesem Buch verstarb völlig überraschend mein Bruder Alan. Er war erst neunundfünfzig und einer der liebsten und wunderbarsten Menschen, die ich je gekannt habe. Alan war von Geburt an taub und hatte gravierende Lernschwierigkeiten. Stell dir einen Elfjährigen im Körper eines erwachsenen Mannes vor – so war mein Bruder. Der Bestatter sagte uns, er habe in seiner gesamten Laufbahn noch nie so viele Teilnehmende bei einer Trauerfeier erlebt – daran merkt man, was für ein Mensch Alan war.

Er liebte das Zeichnen, und seine Kunst war vollkommen unverfälscht. Geld interessierte ihn nicht, und er ließ sich nicht davon beeindrucken, dass sowohl mein Vater als auch ich von Beruf Künstler sind, sondern zeigte uns stolz seine Werke, die er anschließend meist verschenkte.

Du kannst dir vielleicht vorstellen, dass dieses Ereignis mitten in der Arbeit an einem Buch namens *Der schönste Ort der Welt* massive Zweifel auslöste an dem, was ich da gerade tat. Ja, eine Weile hatte ich sie. Doch dann entschloss ich mich, den Blick nicht auf das Schlimme und Hässliche zu richten, sondern auf die Schönheit – in Alan, seinen Bildern und meinen Erinnerungen an ihn. Und es kommt mir beinahe vor, als könnte ich durch die Konfrontation mit der Vergänglichkeit des Lebens nun umso mehr Schönheit in der Welt entdecken.

Bild von Alan

Danksagung

Folgenden Menschen möchte ich danken für ihre Hilfe und Unterstützung im vergangenen Jahr.

Ruth, wie immer. Ich weiß, wie viel du tust, damit ich mich auf meine Arbeit konzentrieren kann. Danke.

Dan und Emma – die Arbeit an diesem Buch war fordernd, und eure Kompetenz und Gründlichkeit haben dazu beigetragen, etwas ganz Besonderes daraus zu machen. Danke.

Adriana – du bist so eine stärkende Cheerleaderin für mich. Danke.

Ludo – danke für deine Begeisterung und für die Verwaltungsarbeit, die alles am Laufen hält. Ich weiß es wirklich zu schätzen.

Andy Rosser-Davies und Paul Davies für ihre unvergängliche Liebe zu ihren Künsten (Gitarrenspiel und Karate). Eure Leidenschaft und euer Wunsch, sie weiterzugeben, sind endlos inspirierend.

Vielen Dank ans Team von Penguin Michael Joseph für eure Arbeit, durch die meine Bücher toll aussehen und zu den Menschen gelangen: Alice Gordge, Sarah Fraser, Lee Motley und Lily Evans. Und an dich, Eva, für die Bücher und allerlei, was du mir von Penguin schickst, und immer mit diesen wunderhübschen Nachrichten dabei. Danke auch allen im PRH-Lizenzbereich, die meine Bücher in alle Welt verkaufen.

Auch meinen internationalen Verlagen danke ich für die kontinuierliche Unterstützung meiner Arbeit.

Don't forget to remember how
far we've come.
We've still so far to go.

ready for when
the wind is with
you.
(Avoid the Struggle)
When the wind is against you,
don't be afraid to rest + shelter

one